POÉSIES

PAR

M. PIERRE BATLLE.

PERPIGNAN.

IMPRIMERIE DE J.-B. ALZINE.

1851.

Poésies.

POÉSIES

PAR

M. PIERRE BATLLE,

EXTRAITES

DE DIVERS RECUEILS.

PERPIGNAN.

IMPRIMÉRIE DE JEAN-BAPTISTE ALZINE,

rue des Trois-Journées, 1.

1851.

BAGES *.

A M. Justin Durand.

I.

Lorsque Bages, aux champs tout épuisés de sève,
Voyait, de nos Flachats ingénieux élève,
Notre Eugène [1], entouré de vigoureux sondeurs,
A d'arides sillons déshérités de l'onde,
Promettre le bienfait d'une source féconde
Qu'emprisonnaient du sol les vastes profondeurs,

* Bages, petite commune à 15 kilom. de Perpignan, jusqu'alors exposée à de fréquentes et calamiteuses sécheresses.

[1] C'est en 1855 que fut exécuté, sous la direction de M. Eugène Durand de Perpignan, ce forage, bientôt suivi de plusieurs autres non moins heureux ; succès d'autant plus admirables, que l'intelligent sondeur, en même temps très habile ouvrier, n'avait voulu devoir qu'à lui-même tous les instruments dont il se servait, et que, dans sa modestie, il ne cherchait à don-

Le vulgaire disait : « Insensés que vous êtes!
« Rêvant partout des eaux à jaillir toutes prêtes,
« Détrompez-vous! Ici, vos efforts échoûront ;
« Ces campagnes jamais ne seront arrosées
« Que par les flots du ciel, les nocturnes rosées,
« Et les vaines sueurs tombant de votre front.

« Orgueilleux novateurs! Et pour qu'à votre approche,
« Nos courants souterrains, même à travers la roche,
« Montent, se prodiguant à l'herbe qui jaunit,
« Pour nous flatter, ainsi, d'une terre promise,
« Portez-vous dans vos mains la verge de Moïse
« Qui faisait, par torrents, sourdre l'eau du granit?

« Vous! Et rappelez-nous, s'il se peut, vos miracles?
« Naguère encor, Taïzó [1] fit mentir vos oracles.
« D'un fleuve, disiez-vous, là dorment les trésors :
« Courage!... A trois cents pieds la sonde est enfoncée,
« Et de cette richesse, au-dedans annoncée,
« Pas une perle d'eau qui s'élance au-dehors.

ner aucune publicité à ses travaux, connus seulement de ses compatriotes.
Il n'en reçut le prix qu'en 1843, époque à laquelle la Société Royale et
Centrale d'Agriculture lui décerna, sur un rapport de M. le vicomte Héri-
cart de Thury, sa médaille d'or aux trois effigies de Louis XV, Louis XVI
et Louis XVIII, avec la légende commémorative de cette triple protection :
INSTITUIT, CONSTITUIT, RESTITUIT.

[1] *Taïzó*, maison de campagne de M. Garcias, ancien député des Pyrénées-
Orientales.

« Et, dans notre cité, quand vous chassiez, naguère,

« De la tombe où dormaient deux grands hommes de guerre [1],

« Leurs restes glorieux, oh ! le succès fut beau !

« Votre sonde, excitant la publique risée,

« Dès son premier effort, y demeura brisée,

« De son cadavre, au moins, repaissant ce tombeau [2].

« C'est qu'à son gré, Dieu seul appauvrit ou féconde ;

« C'est qu'il n'a jamais dit, ainsi que votre sonde :

« Terre ! à toi, désormais, partout un flot pareil !

« Je veux que chaque sol, n'importe sa nature,

« Aux yeux de l'homme, ait droit à sa part de culture,

« Comme il a sa part d'air, et d'ombre, et de soleil.

[1] Ce sondage eut lieu en 1829, sur la place Royale, presque au même endroit où avaient long-temps reposé les cendres des généraux Dagobert et Dugommier, transportées processionnellement, en 1826, au cimetière de la ville.

[2] Un sondage plus heureux (il faut bien le dire) avait précédé ceux dont il est question dans ces deux dernières strophes. M. Fraïsse avait déjà réussi, en 1829, à doter, d'un puits artésien, son domaine de Puig-Sec, près Toulouges. Mais il n'avait obtenu qu'un faible filet d'eau, n'en donnant pas même un litre par minute, et dépassant à peine le niveau du sol. C'était assez sans doute pour qu'une médaille d'or lui fût accordée par la Société Royale et Centrale d'Agriculture ; mais la poésie, plus indépendante que la science, se place en présence d'un fait, n'en accepte que ce dont elle a besoin pour le développement d'une idée, et ne se fait pas plus de scrupule que la peinture de laisser dans l'ombre tout ce qui pourrait nuire au point qu'elle veut surtout illuminer de ses rayons. C'est ce que n'a point hésité à faire l'auteur de la pièce qu'on vient de lire. Devant la fontaine de Bages, qui verse 2.000 litres d'eau par minute, et s'élève à la hauteur de plusieurs mètres, il n'a dû ni voulu se rappeler l'humble source de Puig-Sec, dont le souvenir invoqué aurait dépouillé de tout son effet le mouvement de ces strophes.

« Il a dit, au contraire : Ici, ma providence
« Toujours, à pleines mains, versera l'abondance,
« Et, là pour deux étés, une seule moisson ;
« Là nourrissons chétifs de ces arides pentes,
« Des seigles clair-semés et des vignes rampantes ;
« Là d'épaisses forêts ; là pas même un buisson.

« Car il peut de ses biens être avare ou prodigue,
« Celui qui d'en semer jamais ne se fatigue,
« Et qui, donnant partout, ne doit rien nulle part ;
« Celui qui, n'en déplaise aux humaines sagesses,
« Doit savoir seul comment épancher ses largesses,
« Seul qu'il est à couvrir la terre d'un regard.

« Laissez, laissez-donc là ce labeur inutile ;
« Tout sol déshérité doit rester infertile ;
« Ainsi l'ordonne un Dieu, de ses desseins jaloux.
« Allez, s'il veut doter ce vallon de fontaines,
« Il saura bien, d'un mot, les faire par centaines
« Eclore, sans avoir en rien besoin de vous. »

Mais eux, sans s'émouvoir de ces vaines paroles,
Que, dans l'air, emportaient au loin, les brises folles,
Eux, poursuivant leur tâche, enlevaient tour-à-tour,
Dans le creux de leur sonde, argile, marne, sable,
Et calcaire rebelle, et roc infranchissable,
Débris tout étonnés d'être portés au jour.

Et l'immense clameur, comme un bruit de tempête,
Grondait, grondait encor, au-dessus de leur tête,
Que déjà, dépassant les mâts de l'appareil,
Une onde, jusque-là sous la terre enfouie,
Colonne de cristal, en gerbe épanouie,
Eblouissait la vue et jouait au soleil.

II.

Hommes de peu de foi qui parliez de la sorte,
Vous ne saviez donc pas que chaque siècle apporte,
A l'hôte passager du terrestre séjour,
Quelque germe nouveau de vie ou de bien-être
Destiné, tout d'abord, à des mépris peut-être,
Mais qui doit de ses fruits couvrir le monde, un jour !

Vous ne saviez donc pas que Dieu bénit toute œuvre
Dont on se fait l'apôtre ou, même, le manœuvre
Pour soulager, hélas ! la triste humanité ;
Qu'il n'est point, avec lui, d'invincibles obstacles,
Et qu'il peut accorder jusques à des miracles
Aux cœurs brûlants de foi comme de charité.

Or, dans un des sentiers que son doigt vous révèle,
Vous montre-t-il de biens une source nouvelle,
A faire encor jaillir sous vos labeurs constants?
Accourez! que toute âme à son appel réponde :
Et, si le sol rebelle use et lasse la sonde,
Ne perdez point courage, et comptez sur le temps.

Dites-vous que tout fruit, enfin, mûrit sur l'arbre ;
Qu'on doit, avec effort, long-temps polir le marbre
Pour qu'il offre aux regards tout ce qu'il a d'émail ;
Que nous ne fûmes point toujours ce que nous sommes,
Et que la même loi qui dégrada les hommes,
Pour les régénérer, mit un prix au travail.

SOUS LES PLATANES.

A mon ami Joseph Autran.

Sous nos platanes frais,
L'autre jour, j'égarais
Mes vagues rêveries,
A l'heure où le soleil
Lève son front vermeil
Sur nos plaines fleuries.

A l'entour, dans les champs,
Tout était joie et chants,
Et corolles mi-closes.
Seul le zéphyr, encor,
Ne prenait point l'essor,
Endormi sur les roses.

Aussi, de toutes parts,
Brillaient à mes regards,
Au dôme de l'allée,
Les pleurs qu'y suspendit
La rosée : on eût dit
Une voûte étoilée.

Et moi qui, sans dessein,
Avais pris dans mon sein
Mon album de poète,
A ce réveil du jour,
A tous ces chants d'amour
Se croisant sur ma tête,

« Oh !—me dis-je—glissons
« A mon tour quelques sons
« Dans cet hymne de flamme,
« Et, sur ce blanc vélin,
« Epanchons le trop plein
« Des transports de mon âme. »

J'écris un premier vers ;
Et voilà qu'à travers
L'immobile feuillage,
Le plus charmant rayon
Glisse, et, sous mon crayon,
Luit, en heureux présage.

Crédule, il me semblait
Qu'à la page où brillait
La clarté prophétique,
Allait, encor bien mieux,
Resplendir, glorieux,
Mon rayon poétique.

Mais, espoir décevant !
Un coup d'aîle du vent
Berça les hautes cîmes,
Et que d'ombres, soudain,
Couvrant de leur dédain
Mes vaniteuses rimes !

La pauvre feuille d'or,
Du radieux trésor
Ainsi dépossédée,
Sous le flottant rideau,
De larges gouttes d'eau
Fut encore inondée ;

Et, devenu rêveur,
Sentant fuir de mon cœur
Extase et poésie,
J'eus, bientôt refermé
Du livre bien aimé
La page, en vain choisie.

Hélas ! C'est qu'en voyant,
Du dôme verdoyant
De ces platanes sombres,
Le vent, qui s'éveillait,
Jeter sur mon feuillet
Tant de pleurs et tant d'ombres,

Prompt à me rappeler
Tout ce qui vint troubler
Ma jeune âme ravie,
Avec des pleurs, aussi,
Je m'étais dit : « Ainsi
« Le livre de ma vie ! »

LES SEPT PAROLES

DE JÉSUS-CHRIST SUR LA CROIX.

SONNETS.

A Monseigneur Augustin-Dominique Sibour,

Archevêque de Paris.

PREMIÈRE PAROLE.

Pater, dimitte illis, non enim sciunt
quid faciunt.

Mon Père, pardonnez-leur, car ils
ne savent ce qu'ils font.

Que ce monde, où toujours quelque nouveau Judas
Ne cherche qu'à nous perdre, en nous baisant la joue,
Nous couronne d'affronts, nous traîne dans la boue :
Souffrons tout, sans nous plaindre, et ne maudissons pas.

Oui, c'est peu de porter notre croix, ici-bas ;
Il faut encor, il faut, tandis qu'on nous y cloue,
Et qu'à l'envi, chacun nous raille, nous bafoue,
Prier pour qui nous livre à ces poignants combats.

Entouré de bourreaux qui, d'un amer calice,
Lui faisaient, goutte à goutte, endurer le supplice
Et pour eux, cependant, plein d'un amour profond,

L'homme-Dieu, le Sauveur en qui notre âme espère,
Ne s'écria-t-il point : « Pardonnez-leur, mon Père !
« Car ils ne savent ce qu'ils font. »

DEUXIÈME PAROLE.

Amen dico tibi : hodiè mecum eris in
Paradiso.

Je vous le dis, en vérité : vous serez
aujourd'hui avec moi en Paradis.

Le Dieu que, trop souvent, notre cœur abandonne
Toujours, s'il nous retrouve, est prêt à nous bénir ;
Autant, dans sa justice, il est lent à punir,
Autant, dans sa bonté, promptement il pardonne.

Quelle touchante preuve, au Calvaire, il en donne
Entre les deux larrons ! Sentant sa fin venir :
« Seigneur — dit l'un — de moi daignez vous souvenir
« Au Ciel, qui s'ouvrira si votre voix l'ordonne. »

Et Jésus, à ces mots d'un pécheur ramené,
Sent rafraîchir son front d'épines couronné,
Bénit celui dont l'âme à son royaume aspire,

Et répond, le visage éclairé d'un sourire :
        « En vérité, je vous le dis,
« Vous serez avec moi, ce soir, en Paradis. »

TROISIÈME PAROLE.

Dicit Matri suæ : Mulier, eccè filius tuus.
Deindè dicit discipulo : Eccè Mater tua.

Il dit à sa Mère : Femme, voilà ton fils.
Ensuite il dit au disciple : voilà ta Mère.

Hommes, pourquoi marcher isolés dans la vie,
Et, sans jamais songer à devenir meilleurs,
Riches, toujours du pauvre oublier les douleurs,
Pauvres, toujours montrer au riche un œil d'envie?

Aimons-nous, le bonheur de tous nous y convie ;
C'est là le seul remède à nos communs malheurs.
La terre but assez et de sang et de pleurs :
Qu'elle respire, enfin, calme, heureuse, ravie !

Chrétiens ! réalisons cette fraternité
A laquelle appelait toute l'humanité
Le Sauveur à la fin d'une agonie amère,

Lorsque Marie et Jean recueillaient, sous la croix,
Ces mots, réglant de tous les devoirs et les droits :
« Femme, voilà ton fils, homme, voilà ta Mère. »

QUATRIÈME PAROLE.

Deus meus, Deus meus, ut quid dereliquisti me?

Mon Dieu, mon Dieu, pourquoi m'avez-vous abandonné?

Si, regrettant, hélas! plus d'un bonheur enfui,
Toute âme, parmi nous, à son tour, souffre et pleure,
C'est que l'esprit du mal égare la meilleure,
Et que, par les douleurs, Dieu nous ramène à lui.

Comment donc osons-nous, au plus léger ennui
Dont le Seigneur nous frappe ou plutôt nous effleure
D'un injuste abandon l'accuser, à toute heure,
Lorsque sa rigueur même atteste son appui?

Celui qui, seul sans tache, en ce monde où nous sommes,
Accepta pour fardeau tous les péchés des hommes,
S'il n'avait été Dieu, sous leur poids affaissé,

Celui-là, seul, Seigneur! a pu faire sans crainte,
Monter vers toi ces mots, en innocente plainte :
« Mon Dieu, mon Dieu, pourquoi m'avez-vous délaissé? »

CINQUIÈME PAROLE.

Sitio.

J'ai soif.

« J'ai soif, » s'est écrié, dans sa douleur profonde,
D'un supplice nouveau l'Homme-Dieu tourmenté ;
Et bientôt, ô douleur ! ô crime ! un fiel immonde
A sa lèvre adorable est hélas ! présenté.

Mais ce mot si touchant plane encor sur le monde,
Par l'écho du Calvaire aux siècles répété,
Ingrats ! Et de nos cœurs fait-il mieux jaillir l'onde
Que le Sauveur attend avec anxiété?

Non, non ; de notre foi le réservoir fragile
A laissé fuir les eaux qu'y versa l'Evangile ;
Nous devenons du Christ bourreaux à notre tour.

Seigneur ! et résister à ta parole sainte,
N'est-ce point t'abreuver de vinaigre et d'absinthe,
Toi qui ne fus jamais altéré que d'amour!

SIXIÈME PAROLE.

Consummatum est !

Tout est consommé !

Eussions-nous outragé le Seigneur, dès l'enfance,
Pleurons sur nos forfaits, nous en serons absous.
Si l'expiation doit égaler l'offense
Pour qu'elle apaise un Dieu, juste autant que jaloux,

Jésus ne vient-il pas, percé d'un coup de lance,
Le front meurtri, le corps tout déchiré de clous,
A côté de nos pleurs, mettre dans la balance
Les flots de sang divin qu'il répandit pour nous ?

Et comment craindre encor ta justice suprême,
Seigneur ! quand pour appui nous avons ton Fils même,
Par qui notre pardon fut déjà proclamé,

Alors que, sur la croix, victime volontaire,
Ce grand Réparateur des crimes de la terre,
Qu'embrassait son regard, dit : « Tout est consommé ! »

2

SEPTIÈME PAROLE.

Pater, in manus tuas commendo spiritum meum.

Mon Père, je remets mon esprit
entre vos mains.

Notre corps s'use et meurt; notre âme est immortelle.
Faisons de lui l'objet de nos soins les plus chers,
Il n'en sera pas moins la pâture des vers ;
Et qu'en restera-t-il? De la cendre..... Mais elle !

Si nous la surveillons, avec le même zèle,
Durant tous les combats, dans son exil soufferts,
Quel sera son bonheur quand, libre de ses fers,
Elle aura reconquis la patrie éternelle?

Sachons donc préférer, sûrs d'un tel avenir,
Ce qui doit toujours être à ce qui doit finir ;
Domptons la chair ; vivons de paix intérieure,

Et nous pourrons, ainsi que Jésus nous l'apprit,
Nous écrier, sans trouble, à notre dernière heure :
« Mon Père, entre vos mains, je remets mon esprit. »

TRADUCTION

DES OPUSCULES POÉTIQUES

DE SAINTE THÉRÈSE,

AVEC LE TEXTE EN REGARD.

◆

A Monseigneur Jean-François de Saunhac-Belcastel,
Evêque de Perpignan.

❧✚❧

GLOSA Ó CÁNTICO DE SANTA TERESA,

despues la Comunion.

⬦

TEXTO.

Vivo sin vivir en mi;
Y tan alta vida espero
Que muero porque no muero.

GLOSA.

I.

Aquesta divina union
Del amor con que yo vivo,
Hace á Dios ser mi cautivo,
Y libre mi corazon;
Mas causa en mi tal pasion
Ver á Dios mi prisionero,
Que muero porque no muero.

II.

¡Ay! ¡que larga es esta vida!
¡Que duros estos destierros,
Esta carcel y estos hierros
En que el alma esta metida!
Solo esperar la salida
Me causa un dolor tan fiero,
Que muero porque no muero.

GLOSE OU CANTIQUE DE SAINTE THÉRÈSE,

après la Communion.

✤

TEXTE.

Je vis en Dieu seul, et ma vie
Qu'ici bas tout vient assombrir,
Doit de tels biens être suivie,
Que je meurs de ne pas mourir.

GLOSE.

I.

Avec quel amour Dieu se donne
A ce cœur dont il est l'appui !
Mais je deviens libre, par lui,
Et lui dans mon sein s'emprisonne,
Et ce penser triste empoisonne
Mon bonheur que je sens tarir ;
Je me meurs de ne pas mourir.

II.

Ah ! qu'elle est longue cette vie !
Qu'ils sont durs ces exils soufferts,
Et cette prison et ces fers
Où l'âme languit asservie !
Sous la soif des biens que j'envie,
Sans fin je me vois dépérir ;
Je me meurs de ne pas mourir.

III.

¡Ay! ¡que vida tan amarga
Dó no se gosa el Señor!
Y si es dulce el amor,
No lo es la esperanza larga.
Quíteme Dios esta carga,
Mas pesada que de acero,
Que muero porque no muero.

IV.

Solo con la confianza
Vivo de que he de morir,
Porque, muriendo, el vivir
Me asegura mi esperanza:
¡Muerte dó el vivir se alcanza,
No te tardes; que te espero!
Que muero porque no muero.

V.

Mira que el amor es fuerte,
Vida, no me seas molesta.
Mira que solo te resta
Para gosarte, perderte.
Venga ya la dulce muerte,
Venga el morir muy ligero:
Que muero porque no muera.

III.

Et se peut-il qu'on s'habitue
A vivre, ainsi, loin du Seigneur?
Aimer toujours est un bonheur;
Toujours espérer lasse et tue;
Sous mon faix, je tombe abattue;
Viens donc, mon Dieu! me secourir;
Je me meurs de ne pas mourir.

IV.

Je vis de la seule assurance
Que j'ai de mourir : heureux sort!
Car de la vie, oui, c'est la mort
Qui réalise l'espérance.
Mort, qui produis la délivrance,
Que tardes-tu? Daigne accourir!
Je me meurs de ne pas mourir.

V.

Viens! viens! cette vie est trop nue,
Trop froide pour un cœur ardent;
Ce n'est, hélas! qu'en la perdant
Qu'on jouit de l'avoir connue,
Quand pourrai-je fendre la nue,
Voir devant moi le Ciel s'ouvrir!....
Je me meurs de ne pas mourir.

VI.

Aquella vida de arriba,
Es la vida verdadera;
Hasta aquí esta vida muera,
No se goza estando viva.
Muerte, no me seas esquiva:
Vivo muriendo primero,
Que muero porque no muero.

VII.

¿Vida, que puedo yo darle
A mi Dios que vive en mí,
Sino es perderte á tí,
Para mejor á el gozarle?
Quiero, muriendo, alcanzarle,
Pues á él solo es que quiero:
Que muero porque no muero.

VIII.

¿Estando ausente de tí,
Que vida puedo tener,
Sino muerte padecer
La mayor que nunca vi?
Lástima tengo de mí
Por ser mi mal tan entero,
Que muero porque no muero.

VI

Le Ciel ! Oui, voilà la demeure
Qu'il faut à l'âme toute à Dieu ;
Triste, en ce misérable lieu,
Triste jusqu'à sa dernière heure.
Je vis en mourant ; que je meure
Enfin pour vivre et me guérir ;
Je me meurs de ne pas mourir.

VII.

Existence ! ô présent suprême !
Que puis-je, au Dieu qui vit en moi,
Sacrifier, si ce n'est toi,
Pour mieux le posséder lui-même ?
Je te hais parce que je l'aime,
Lui, le seul bien à conquérir ;
Je me meurs de ne pas mourir.

VIII.

Et, Seigneur ! sans toi que j'adore,
Que peut, en effet, ici-bas,
Être la vie ? Un vrai trépas :
Un trépas, moins la tombe encore !
Contre l'ennui qui me dévore,
A quel remède recourir ?
Je me meurs de ne pas mourir.

IX.

El pez que del agua sale,
Aun de alivio no carece;
A quien la muerte padece,
Al fin la muerte le vale.
¿Que muerte avrá, que se iguale
A mi vivir lastimero?
Que muero porque no muero.

X.

Quando me empiezo en aliviar,
Viéndote en el Sacramento,
Me hace mas sentimiento
El no poderte gozar.
Todo es para mas penar,
Por no verte como quiero,
Que muero porque no muero.

XI.

Quando me gozo, Señor,
Con esperanza de verte,
Viendo que puedo perderte,
Se me dobla mi dolor,
Viviendo en tanto pavor,
Y esperando como espero;
Que muero porque no muero.

IX.

Le poisson que du fleuve on tire,
Souffre d'abord, puis meurt du moins;
Torturé d'inutiles soins,
Enfin, le moribond expire;
Moi, Seigneur, j'éprouve le pire
De tous les maux qu'on peut souffrir;
Je me meurs de ne pas mourir.

X.

Qu'en moi renaisse quelque joie,
En présence du Pain vivant;
Là même, un regret, trop souvent,
Détruit l'extase où je me noie.
De l'âme il faut que je te voie;
Mon œil ne peut te découvrir;
Je me meurs de ne pas mourir.

XI.

Si j'espère te mieux connaître,
Un jour, en dépouillant ce corps,
Ne puis-je aussi trembler alors,
De te perdre, à jamais peut-être?
A ces terreurs que je sens naître
Ma plaie est prompte à se rouvrir;
Je me meurs de ne pas mourir.

XII.

Sácame de aquesta muerte,
Mi Dios, y dáme la vida;
No me tengas impedida
En este lazo tan fuerte;
Mira que muero por verte,
Y vivir sin tí no puedo,
Que muero porque no muero.

XIII.

Lloraré mi muerte yá,
Y lamentaré mi vida,
En tanto que detenida
Por mis pecados está.
¡O mi Dios! quando será,
Quando yo diga de vero:
Que muero porque no muero.

XII.

Par pitié ! Que je sois ravie
A cette mort, et daigne, enfin,
De l'Archange et du Séraphin,
O Seigneur, m'accorder la vie !
Te voir est ma suprême envie,
Je me consume à la nourrir ;
Je me meurs de ne pas mourir.

XIII.

Si mes péchés retardent l'heure
Où doit me luire un si doux sort,
Et sur ma vie et sur ma mort,
Il faut donc, mon Dieu ! que je pleure.
Oh ! quand pourrai-je enfin meilleure,
Te dire, sans peur de t'aigrir :
Je me meurs de ne pas mourir !

SONETO

A CRISTO CRUCIFICADO.

—

No me mueve, mi Dios, para quererte,
El cielo que me tienes prometido;
Ni me mueve el infierno tan temido
Para dejar por eso de ofenderte.

Tu me mueves, mi Dios; muéveme el verte
Clavado en esa cruz y escarnecido;
Muéveme ver tu cuerpo tan herido;
Muévenme las angustias de tu muerte;

Muéveme en fin tu amor de tal manera
Que, aunque no hubiera cielo, yo te amára,
Y, aunque no hubiera infierno, te temiéra.

No me tienes que dar porque te quiera,
Porque, si cuanto espero no esperára,
Lo mismo que te quiero te quisiera.

SONNET

A JÉSUS CRUCIFIÉ.

Ce qui fait, ô mon Dieu ! qu'avec transport je t'aime,
Ce n'est pas de ton ciel l'espoir déjà goûté,
Et ce n'est pas non plus ton enfer redouté
Qui me lie en esclave aux vœux de mon baptême ;

Non, non, ce qui me jette à tes pieds c'est toi-même ;
Toi, mon Dieu ! que je vois nu, sanglant, insulté,
Mourir pour le salut d'un monde révolté
Qui, jusque sur ta Croix, te raille et te blasphème.

Ton seul amour pour nous fait mon amour pour toi.
Qu'il n'existât de ciel ni d'enfer, et sur moi
Tu régnerais encor, chéri, craint comme un père ;

Ce cœur n'a, pour t'aimer, besoin d'aucun secours,
Et n'espérât-il rien de tout ce qu'il espère,
Comme il t'aime, je sens qu'il t'aimerait toujours.

LETRILLA

que llevaba por registro, en su Breviario, la Seráfica
Madre Santa Teresa de Jesus.

J. M. J.

Nada te turbe,
Nada te espante,
Todo se pasa;
Dios no se muda;
La paciencia todo lo alcanza;
Quien á Dios tiene
Nada le falta;
Solo Dios basta.

VERS

écrits sur le signet dont se servait, dans son Bréviaire,
la Séraphique Mère Sainte Thérèse de Jésus.

———

J. M. J.

Conserve une paix sans mélange
Dans tes épreuves d'ici-bas.
Tout passe en ce monde, tout change,
Dieu demeure et ne change pas.
Quand on a le Seigneur pour aide,
Nul mal dont on ne vienne à bout.
Rien ne manque à qui le possède ;
Dieu seul est tout.

Actions de Grâce,

A M. Antonin de Sigoyer.

I.

Soyez cent fois béni, poète aux chants de flamme,
Qui, des hauteurs du Ciel où vous planez, vainqueur,
Abaissant jusqu'à moi les aîles de votre âme,
Répandîtes, naguère, un si puissant dictame,
    Sur les blessures de mon cœur !

Soyez béni ! ce cœur, depuis qu'un pareil baume
Vint, sous les coups du sort, ainsi le ranimer,
Est, pour vous, comme un temple, au magnifique dôme,
Où ma reconnaissance, inépuisable arôme,
    N'a jamais cessé de fumer.

Aussi, combien de fois cet hymne à votre hommage
De s'envoler vers vous eût déjà le dessein,
Et, pareil à l'oiseau captif loin du bocage,
Vainement, pour forcer les barreaux de sa cage,
    Battit les parois de mon sein !

Mon sein ne cédait pas. C'est que la poésie,
Hôte charmant et doux que, toujours, j'y reçoi,
Tout en le remplissant de musique choisie,
N'ose plus en laisser, suivant sa fantaisie,
  Chanter la note, hors de moi.

Elle n'ignore point qu'au labeur de la rime
Le corps, comme l'esprit, lui-même va s'usant,
Et que cette harmonie inentendue, intime,
N'échappe trop souvent au sein qui la comprime
  Avec effort, qu'en le brisant.

Sous tant de maux, déjà, s'est allangui mon être!
Je me traîne, si las, sur ce triste chemin,
Où de mes espoirs morts nul ne saurait renaître!...
Et vous êtes venu, pourtant, sans me connaître,
  En frère, m'y tendre la main.

II.

Oh! pour un tel bienfait, pour cette sainte joie
Que vous avez jetée au milieu de mes pleurs,
Au rang de ses élus que Dieu toujours vous voie,
Qu'il sème autant de biens sur votre heureuse voie,
Hélas! que sur la mienne, il sema de douleurs.

Que toujours à votre âme une autre âme réponde ;
Tendre époux, heureux père, et poète inspiré,
Que, toujours, à l'abri des orages du monde,
S'écoule votre vie, à flots purs, comme une onde
Glissant parmi les fleurs, sur un sable doré.

Ces vœux, — oh ! croyez-en les pleurs dont ma paupière
Se mouille, en les suivant jusqu'au trône immortel ; —
Ces vœux, où je répands mon âme tout entière,
Trouveront, désormais, place dans la prière
Dont j'use, chaque soir, les marches de l'autel.

Je n'oublîrai jamais que, sur ma sombre route,
Alors que, sous ma croix, fléchissaient mes genoux,
Un Ange tout à coup, de la céleste voûte
Descendit, essuyant mes sueurs, goutte à goutte,
Et que cet ange aimé, Poète, c'était vous !

Oui, votre souvenir, sur mon sentier d'épines,
Gardé comme un trésor, me suivra jusqu'au bout,
Fleurissant, au milieu de mon être en ruines,
Comme un lierre vivace, aux profondes racines,
Sur les débris d'un temple, où Dieu seul est debout.

Trois Sonnets.

A M. F⁻-Asprer de Boaça.

IMMORTALITÉ.

Naître, pour qu'aussitôt la douleur le torture ;
Dès son premier instant, marcher vers le tombeau ;
Mourir, et puis des vers devenir la pâture ;
Tel est le sort de l'homme, as-tu dit : il est beau !

Mais ta vie est ensemble et présente et future,
Aveugle philosophe ! et ton grossier flambeau
N'éclaire qu'un côté de ta double nature ;
Tu mutiles ton être et n'en vois qu'un lambeau.

L'homme est bien moins encor cette obscure chenille,
D'un corps, fait pour la terre, inhumant la guenille,
Dans l'ombre d'un cercueil froid et silencieux,

Que ce vif papillon, quand l'heure en est venue,
S'élançant de la tombe où dormait retenue,
Son aîle prompte alors à monter vers les cieux.

SÉRAPIUS.

Un jour, se promenant seul, un livre à la main,
Sérapius rencontre, au seuil d'une avenue,
Un pauvre : « Ton épaule est » dit-il » toute nue ;
« Prends mon manteau, de froid tu serais mort demain. »

Plus loin, il aperçoit un vieux soldat romain,
Sans tunique, et la sienne est bien vite obtenue ;
Il s'assied maintenant, dans l'étrange tenue
D'un passant détroussé sur le bord du chemin.

Un cavalier, suivi d'une guerrière escorte
Survient, et le voyant dépouillé de la sorte :
« Étranger, qui t'a mis dans l'état que voilà ?

« Parle, et du fugitif bientôt ma troupe agile...
« — Oh ! celui qui m'a pris mes vêtements est là,
« Mon frère, — Et quel est-il ? — Ce livre, l'Évangile. »

L'ARBRE DE LA CROIX.

Le voyez-vous cet arbre au Calvaire planté?
Oh! que de fois l'impie a crié : « Qu'on l'arrache! »
« Il étend sur la terre une ombre qui nous cache
« Du vrai soleil moral la sublime clarté.

« A l'œuvre! » Et, vers sa fin, chaque siècle emporté,
A son tour, en passant le frappe de sa hache,
Tombe et se dit : « Un autre achèvera ma tâche. »
Mais le temps que peut-il contre l'éternité?

On l'abat, il renaît, on le renverse encore,
Et son front, de nouveau, s'élève, se décore
De rameaux atteignant les plus lointains séjours.

Nul effort ne l'ébranle, au fond de ses racines,
Qu'entretiennent les eaux de nos saintes piscines
Et que le sang du Christ fécondera toujours.

PREMIÈRE PAGE.

❧

Vers écrits sur l'Album de Mlle ***.

⊷

« Chantez ! m'avez-vous dit, réveillez-vous, poète !
« Inclinez, un moment, votre rêveuse tête
« Sur ce livre, pour vous s'ouvrant avec bonheur.
« Je veux de la guirlande, entre toutes choisie,
« Que vont me tresser, là, Peinture et Poésie,
  « Vous devoir la première fleur. »

Fleur cependant bien humble et bien décolorée,
Fleur bien indigne, hélas ! d'être ainsi désirée
Par vos printemps si frais et si purs et si verts
Que celle dont je puis, docile à vos paroles,
Faire entr'ouvrir pour vous les tardives corolles,
  Sous la neige de mes hivers.

Et comment pouvez-vous souhaiter, jeune fille,
Vous, si calme et si gaie au sein de la famille,
Un chant des miens, toujours de mes douleurs éclos?
Ignorez-vous mes deuils, mes lentes agonies,
Et ne savez-vous pas qu'aux moindres harmonies
    Je mêle toujours des sanglots?

« Chante, » dit, comme vous, le passant avec joie,
A l'humble enfant, venu des bords de la Savoie,
Que le froid et la faim poursuivent sous nos cieux ;
Et le pauvre petit, pour réjouir la foule,
Ranime sa voix faible, et dans son cœur refoule
    Les pleurs qui montaient dans ses yeux.

Au cercle souriant qui devant lui s'étale,
Il dit un de ces airs de la terre natale
Qu'il a déjà semés tout le long du chemin ;
Et quand sa vielle, enfin, sous ses doigts se repose,
Il est du moins payé de l'effort qu'il s'impose :
    Une aumône pleut dans sa main.

Mais moi, que, bien plus triste encor, au fond de l'âme,
Je livre à cet Album l'hymne, que me réclame
Votre sainte amitié dont l'appel est si doux,
Que, les yeux tout en pleurs, je chante pour vous plaire,
Dites, de mon tribut quel sera le salaire?
    Quel prix obtiendrai-je de vous?

Daignerez-vous m'offrir quelque pure aquarelle,
Où notre Castillet[1] dressera sa tourelle,
Où jusqu'à nos grands monts l'œil pourra s'égarer?
Du soyeux canevas, tendu sous votre aiguille,
Daignerez-vous, pour moi, couvrir la blanche grille
    De fleurs qu'on irait respirer?

Non, de tous ces trésors à d'autres la merveille!
Pour vous, je suis à peine un ami de la veille
Qui ne saurait prétendre à ces dons précieux.
Mais de votre piano que j'obtienne, en échange,
Quelques brillants accords, que de vos lèvres d'ange
    Je recueille un chant gracieux!

Et vous, qui prétendez être sans poésie,
Vous en aurez versé, dans mon âme saisie,
Mille fois plus, d'un son de votre douce voix,
Qu'en humble fils de l'Art, ici, je n'en épanche
Sur le vélin noirci de cette page blanche
    Où la plume échappe à mes doigts.

---

[1] Petit fort ou château, qui s'élève à côté d'une des principales entrées de la ville, la porte *Notre-Dame*. La terrasse crénelée, et la tour qui le couronnent, sont d'un assez bel effet, pour que ce monument tente habituellement le crayon de tous les dessinateurs étrangers qui, pour la première fois, visitent Perpignan. On en fait remonter la construction au xive siècle.

Trois Sonnets.

A mon ami Jacques Argiot [*].

LES COUVENTS.

Oui, lasses de marcher dans la vie, au milieu
D'aspics toujours cachés sous les fleurs des charmilles,
Elles viennent, hélas! ces douces jeunes filles
De se réfugier dans la paix d'un saint lieu.

Subissons, sans nous plaindre, un si cruel adieu.
Elles n'aspiraient tant à l'ombre de ces grilles
Qu'afin de mieux prier pour nous, pour nos familles,
L'âme, de bien plus près, là, s'adressant à Dieu.

Trop pures pour rester sur nos mondaines fanges
Et trop jeunes encor pour monter vers les Anges,
N'ayant touché qu'à peine au calice de fiel,

Ne devaient-elles point, ces craintives colombes,
Poser du moins leurs nids, tristes comme des tombes,
Sur le pic d'ici-bas le plus voisin du Ciel?

[*] Auteur d'une traduction, en vers français, de *la Sainte Messe*, *du Petit Vespéral des Dimanches et Fêtes, et des Psaumes Graduels* : ouvrage aussi remarquable par l'élégante concision avec laquelle l'habile traducteur s'est attaché à faire passer dans notre langue les beautés du texte latin, que par les nouvelles clartés qu'il a su répandre sur les passages dont le sens, difficile à saisir, avait échappé jusqu'à présent, à la plupart de ses devanciers.

SAINTE EULALIE DE MÉRIDA.

Rome, alors, commandait au monde épouvanté.
Un de ses proconsuls, soldat au cœur d'hyène,
Venait, à Mérida, ville, en ce temps païenne,
De livrer aux bourreaux une jeune beauté.

« Amis (dit-il) ce corps, fait pour la volupté,
« Fut immolé toujours, par la Vierge chrétienne,
« A son âme ; aujourd'hui qu'il triomphe, qu'il vienne
« Briller à tous les yeux, beau de sa nudité ! »

Mais tandis qu'on saisit, qu'on dépouille, qu'on lie,
Au gibet du Forum, les restes d'Eulalie,
O prodige ! des airs on voit pâlir l'azur,

Et, pour cacher la Sainte au regard sacrilége,
Bientôt descend du Ciel une couche de neige,
Seul voile, en sa blancheur, digne d'un corps si pur.

FRUIT DE MORT, PAIN DE VIE.

Un fruit que, par orgueil, comme par lâcheté,
Adam accepte d'Ève et de l'esprit immonde,
Dans l'abîme éternel précipite le monde,
Mais Jésus vient à nous, le monde est racheté.

« Que je vous tente aussi, » dit-il avec bonté ;
« Voilà ma Chair, mon Sang, je nourris, je féconde,
« Je guéris du serpent la morsure profonde
« Dans ce Pain qui toujours vous sera présenté ; »

Et, se multipliant par un divin mystère,
Ce Pain, manne céleste envoyée à la terre,
Chaque jour, en effet, descend sur nos autels.

Qu'il alimente seul notre âme, nouvelle Ève,
A qui le Tentateur cherche, cherche sans trève
A faire encor goûter des fruits, hélas, mortels !

DÉPART.

◄►

A Monsieur & Madame ***.

———

Lyre, écho de mon âme, en ses jours de tempête,
Lyre qui sommeillas si long-temps sous mes doigts,
Pour un couple charmant, dont le départ s'apprête,
Retrouve quelques sons de ta débile voix.

Dis à l'heureux époux, dis à la jeune mère,
Cœur tendre où toujours veille un inquiet amour,
Tout ce que de regrets, de pleurs, de peine amère,
Doit nous coûter, hélas! ce départ, sans retour.

De notre vie en deuil adieu donc tous les charmes!
Adieu, doux entretiens sous nos liserons verts,
Musique de famille et sympathiques larmes
Que nous versions ensemble en lisant de beaux vers!

Nous n'écouterons plus, muets et sans haleine,
Cette puissante voix, dont les habiles sons
Fesaient de tous nos cœurs les anneaux d'une chaîne
Où, sans trève, passaient d'électriques frissons;

Et la vermeille enfant, de chacun admirée,
Qui des traits de son père est le vivant miroir,
Grandira, de vertus et de grâces parée,
Sans que jamais, jamais, nous puissions la revoir !

Ah ! du moins, dans ce cœur où rien ne germe encore,
Semez des souvenirs ; qu'elle n'ignore pas
Qu'aux champs roussillonnais où Dieu la fit éclore
Elle fut, en naissant, bercée entre nos bras.

Répétez-lui souvent notre nom ; à le dire
Façonnez cette lèvre, avide encor de lait,
Qui ne sut, près de nous, que pleurer ou sourire,
Car c'est du regard seul que l'enfant nous parlait.

Plus tard, vous lui direz nos ennuis, nos souffrances,
Mon printemps effeuillé, dès sa première fleur ;
Mon fils, surtout, mon fils, mon trésor d'espérances,
Jeté dans une tombe... où le suivit mon cœur !

Vous sûtes quelquefois, vous, ami, vous, Madame,
Endormir des regrets, si vifs quand je suis seul ;
Mais, il le faut, partez et laissez, sur mon âme,
De toutes ses douleurs retomber le linceul.

FIN.

www.ingramcontent.com/pod-product-compliance
Lightning Source LLC
Chambersburg PA
CBHW061655180626
46818CB00003B/1111